KB119568

잘한 것도
없는데
또
'
봄을
받았다

잘한 것도 없는데 또 , 봄을 받았다

페리테일(정헌재)
글·그림·사진

위즈덤하우스

노크하고

마음속을 보고

내려놓고

뒤를 돌아보고

잠시 멈추고

마주하다

당신으로부터 받다

당신과 나 사이 네 계절,
어느 날은 차가웠고 어느 날은 더웠으며
어느 날은 적당했고 어느 날은 따뜻했다.

당신으로부터 시작된 계절이 네 번을 지났습니다.
어느 날은 차가웠고 어느 날은 더웠고 어느 날은 적당했고
어느 날은 따뜻했어요.

나는 잘한 것도 없는데
당신으로부터 또 봄을 받았고
내가 받았던 봄을 당신에게 보내려
글을 쓰고 사진을 찍고 그림을 그렸습니다.

당신으로부터 시작된 그 모든 이야기들이
다시 당신에게 돌아가
훨씬 더 좋은 계절이 되고, 풍경이 되고, 위로가 되고,
반짝이는 그 무엇이 되기를 바랍니다.

페리테밀

차례

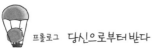

1부 차갑고

2부 덮고

4부 따뜻해

1부

차갑고

01

잊혀지겠지

시간으로 잊혀지든
사람으로 잊혀지든
무엇으로 잊혀지든
잊혀지겠지.

어차피 그럴 거 많이 웃고 많이 울어라.
금방 한 달이 지나고 금방 일 년이 지나고
어느새
기억하려 해도
기억나지 않는
그럴 때가 올 테니,
아무리 생각하려 해도
너무 희미하고
뿌옇게 떠올라
잠시 슬퍼지는 때가 올 테니.

지금 많이 웃고
지금 많이 울어라.
잊혀질 테니.

전화카드몇장으로
검은밤부터
하얀새벽까지
당신과
얘기하던
그때
그순간들

그런 밤이 있었다

그런 밤이 있었다.
공중전화 카드 몇 개를 가지고 아파트 단지 끄트머리 공중전화 부스를 전세 내고 까만 밤부터 하얀 새벽까지 얘기하던 그때.
당신 집 무선전화기의 배터리가 다해서 어쩔 수 없이 전화를 끊고 돌아가던 그때.
서로 먼저 끊으라 얘기하며 그렇게 다시 한 시간을 넘게 통화하던 그때.

며칠 전 동네 산책을 하다 골목길 어느 한쪽에서 지금은 거의 사라진 공중전화 부스를 발견했다. 그때 생각이 났다. 그때로부터 십몇 년을 걸어왔지만 나는 아직도 그때의 그 느낌들이 생생하다.
어느 순간, 언제든지 연결 가능한 우리가 되었지만 쉽게 연결되는 그 고리는 그때보다 더 가볍고 그때보다 더 헐겁다.

그때의 마음이 살짝 그리워졌다.

첫눈

겨울.
나의
첫눈.

곤
녹겠지만
조금
외롭고
걷기
불편하겠지만

그래도,
첫눈.

다 만족할 수
없지

그렇다면 '더' 괜찮아지는 방법은
커피가 '더' 좋은 곳에서는 커피를 '더' 즐기고
공간이 '더' 좋은 곳에서는 공간을 '더' 즐기는 것.

'나'라는 섬

나는 그렇게
잠기고 다시 부유하고 어디론가 흘러가다가
또 가라앉게 되겠지.

나의 섬이 거대한 대륙이 될 필요가 없음을 깨달았을 때, 나는 이 조그만 섬에서 행복해지는 법을 알게 되었다. 넓지도 좁지도 않은 이 섬에 같은 바람이 불고 같은 비가 내리고 같은 햇살이 내린다는 걸 알았을 때, 나는 비로소 나의 섬을 사랑하게 되었다.
왕국을 건설할 필요가 없으니 나무를 베어낼 일도 없고 지켜야 할 땅이 없으니 많은 피를 흘릴 일도 없다. 작은 섬이라서 누군가 다녀가면 다 알 수 있고 그래서 마주할 수 있고 그래서 기쁘다. 어디로든지 흘러갈 수 있고 온전히 내 것으로 만들 수 있다.

나는 또 그렇게 잠기고 다시 부유하고 어디론가 흘러가다가 또 가라앉게 되겠지.

그래도 괜찮다.
이 섬은 온전히 나의 섬이니까.

'나'라는 섬

06

이별은
자연스러운 것

어쩔 수 없는 이별은 슬픈 일이지만 사실 자연스러운 것이다.
계절이 바뀌는 것도 자연스럽고 그래서 공기가 차가워지고 따뜻한 것을 찾
는 것도 다 자연스러운 일이다.

우리는 언제나 영원을 꿈꾸지만 우리가 알고 있는 모든 것에는 기한이 있다.
사람도 물건도 장소도 생각도
어느 날 그 시간을 다하면,
어떤 일과 만나면,
내 주변의 혹은 내 안의 어떤 화학작용에 의해
헤어지게 된다는 것.

우리는 언젠가 모두와 헤어진다.
그러니 헤어지기 전에 최선을 다해야 한다.
내가 만나는 모든 것에 할 수 있는 한 최선을 다하는 게 좋다.
그래야 덜 후회하고 덜 슬퍼진다.

아무일없이
계속
그자리에
있어줘서
고맙다

그대로
있어준다는 것

사람이든,
자연이든,
무엇이든,
아무 일 없이 그 자리에 계속 서 있는 것을 봤을 때
고맙다는 생각이 들었다.

세월이 흔들고,
다른 이가 흔들고,
나 자신이 흔들고,

그 자리에 그대로 있는 것이
얼마나 힘든 일인지 알기 때문이다.

사라지지 않았으면 좋겠다.
그럴 수 없다는 것을 알지만
그냥 그런 생각이 들었다.

당신도
나도.

아무 일 없이
그냥 조금 더 그 자리에
그대로 있었으면 좋겠다.

그래도모험

08

그래도 모험

인생은
가까이서 보면 비극이고 멀리서 보면 희극이라는 그 말처럼
삶은 어디에서 보느냐에 따라 달라진다.
멀리서만 보면 그냥 웃다가 끝날지 모르고
가까이서만 보면 마냥 슬프다 죽을지 모른다.

어쨌든
나는 또 기구를 띄워야 한다.
멀리서도 봐야 하고 뜨겁게 불타오르는 그 안으로도 들어가 봐야 하니까.
희극이든 비극이든
무엇이든 모든 게 모험.
모험을 하지 않으면 나는 아무 곳에도 갈 수 없다.

좋은 에너지를 받으며
살고 싶다

조용히 누워서 시간이 하나씩 나를 비출 때마다 나는 좋은 에너지를 받으며 살고 싶다는 생각을 했다. 하루에 내가 받을 수 있는 에너지 양은 정해져 있으니 그중에서 좋은 에너지만 받고 싶다.

나쁜 에너지와 좋은 에너지. 나쁜 기운과 좋은 기운.

하루를 들여다본다. 한 달을 들여다보고 일 년을 들여다본다.

노트를 하나 펼쳐서 나에게 나쁜 에너지들, 내가 싫어하는 것들, 나를 어둡게 하는 것들, 나를 미워하고 싫어하게 만드는 것들을 적어본다. 그것은 어떤 사람이기도 하고, 어떤 일이기도 하고, 어떤 생각이기도 하다. 그리고 그것들을 하나씩 지운다.

그러고 나서 나에게 좋은 것들, 나를 기운 내게 하는 것들, 나를 사랑하게 만드는 것들을 적는다.

그렇게 적은 것들이 쌓이고 지워진 것들이 많아질 즈음, 어느새 내 나이가 이만큼 되었다. 그 사이 나는 누군가와 이별하고 어떤 일과는 멀어졌으며 그것들과 틀어졌다. 하지만 난 다시 누군가와 만났고 새로운 일과 친해졌으며 그것들과 화해했다.

"이 에너지는 나에게 좋은 에너지다."

나에게 좋은 에너지를 어느 정도 구분하게 되면서 나는 좀 더 행복해졌다.

"돌아볼수록
외로워질때가
있다"

"바람을보다

바람을 보고,
바람을 닮다

바람은 보이지 않는다고 생각했는데 이렇게 바람이 보입니다.

생각해보면 바람은
소리도 들려주고
모습도 남겨놓습니다.

눈으로 바로 보이지 않는다고,
실체가 없다고 생각했던 것들 대부분은
저렇게 흔적을 남기는데
그저 우리는 외면하거나
발견하지 못하고
지나가버리는 거죠.

올해 당신과 제게는
얼마나 많은 바람이 불어올까요?

볼을 간지럽히는 기분 좋은 바람.
옷깃을 잔뜩 치켜세우게 하는 차갑고 추운 칼바람.
자그마한 바람에서부터 커다란 바람까지.

어떤 바람에는 몸을 맡기고
어떤 바람에는 맞서며
유연하게,
행복하게,
잘 지낼 수 있었으면 좋겠습니다.

바람 소리를 보고
바람 모습을 듣다.

바람소리를 보다

힘들때, 이거하나만 기억하면 된다.
"사랑해"
네가 이 말을 해주던 그순간,
내가 이 말을 들었던 그순간,
눈가가 촉촉해지고
가슴에 뜨뜻한 무언가 퍼지던
그때, 그순간.

이거 하나만
기억해

힘들 때 기억하는 한마디.
기억나던 그 얘기.
기억나는 그 순간.
기억나던 그 햇살.
기억나는 그 마음.
기억나던 당신.

그때
그 순간.
모두 사랑이더라.

걱정을 **같이** 마셔줘서고마워

걱정을 같이
마셔주는 사람

그런 사람이 있습니다.

걱정을 같이 마셔주는 사람.

나와 같은 시간을 마주하고 내 이야기를 들어주는 사람.

그런 사람이 곁에 있으면 나 혼자 마셔야 할 걱정의 양이 줄어듭니다.

언젠가부터 그 사람에게 습관처럼 내 감정을 버리기 시작합니다. 고마움을 잘 모른 채 그 사람을 흔히들 말하는 '감정의 쓰레기통'으로 만들어버리는 거죠.

'왜 이 정도도 안 받아줘?'

가끔 우리는 상대방에게 이렇게 생각할 때가 있어요. 그때 한번 돌아봅니다. 그동안 이 사람이 나와 함께 얼마나 많은 걱정을 마셔줬는가? 그에게 나는 혼자 감당할 수 없는 감정의 쓰레기들을 얼마나 버렸는가? 그리고 얼마나 손쉽게 그 방법을 택했는가?

나와 함께 걱정을 마셔주던 사람들이 줄어들었다면 생각해봐야 해요. 마시고 난 뒤 그 사람에게 컵을 치우게 하고 계산까지 시켰던 게 아닌가. 그 사람에게 내 감정의 쓰레기들을 치워달라고 무심코 던진 게 아닌가.

나는 뿌연 안갯속에서
그 사람 덕에 나왔는데
정작 그 사람을
뿌연 안갯속에 버려두고 오는 일.

나를 건져내 준 사람을
안갯속에 두지 말아요.

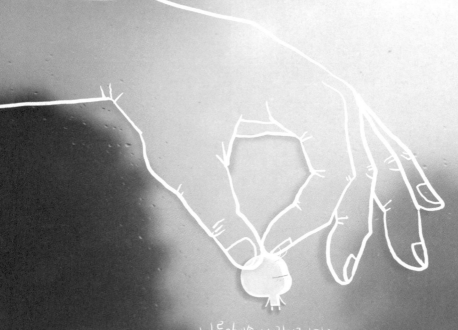

나를 안개속에서 건져준 사람을
안개속에 두고 오지 말아요,
그 사람을 나 대신
안개속에 밀어넣지 말아요.

끝나는 것을
두려워하지 말아요

끝나는 것을 두려워하지 말아요.

커튼이 내려가는 것을 억지로 막지 말아요. 아쉽다고 붙잡지 말아요.

이번 쇼는 여기서 막을 내리고 다음 쇼를 준비하면 됩니다. 우리는 종종 끝나야 하는 순간을 붙잡고 억지로 막을 걷어내면서 더 나빠지기도 해요.

인생은 긴 쇼이지만 한 번에 모두 이어질 수 없어요. 수많은 작은 쇼들의 막이 올라가고 다시 내려오고를 반복하면서 커다란 전체가 됩니다.

커튼을 내려야 할 때,

커튼이 내려가는 순간,

아쉬워도 억지로 붙잡지 말아요.

더 멋진 당신의 다음 쇼를 준비해요.

당신의 많은 사람들이,

그리고 당신 스스로가

당신의 다음 이야기를

기다리고 있습니다.

그밤
차갑지않은당신을
만났다

눈은 모두 차가운줄 알았는데,
눈은 모두 불편한줄 알았는데,
눈은 모두 외로운줄 알았는데,

차갑지 않은
당신을 만났다

어느 곳에서는 이미 겨울이 끝났다고 했다.
그래, 겨울이 끝나가고 있다.

겨울이 되면 늘 다시 알게 되는 일이 있다.
모두에게 차가운 줄 알았는데 어떤 사람에게는 따뜻하고
모두에게 불편한 줄 알았는데 누군가는 손꼽아 기다렸던 계절이고
모두 외로운 줄 알았는데 그렇지 않은 사람들.

그 밤, 차갑지 않은 눈을 알았고
불편하지 않은 눈을 보았고
외롭지 않은 눈을 만났다.
차갑지 않게, 불편하지 않게, 외롭지 않게,
해주어서 너무 고맙다.
콧잔등에 떨어진 눈이 이제 다 녹았다.

안녕, 겨울.

모든 시작은
그 작은 틈에서

어느 날, 작은 틈을 발견했다.
원래 있었던 것인지 아니면 새로 생긴 것인지는 알 수 없었지만.
그 틈에서 손짓하는 것들을 보며 오랜만에 웃었다.

그러자 그 틈에서 한 겹, 내가 덮고 잘 만큼 빛이 날아온다.

또 한 겹, 두 겹, 딱딱한 바닥 위에 깔 만큼 빛이 날아온다.

가만히 누워만 있다 손을 움직이면 한 번, 몸을 일으키면 또 한 번, 생각을 하면, 그림을 그리면, 그 어떤 것이나 그 무엇이라도 하면 그 틈에서 한 겹, 두 겹 날아오고 날아온다.

그 차갑고
딱딱한
바닥에서도
웃으며
잠들다

그 틈이 점점 커지더니 이제 내가 나갈 만큼의 크기가 될 것 같다.
꿈을 꾸게 됐다.
일어서는
꿈.
그 작은 빛 안으로
나가는
꿈.

#17

어렵고 아픈
말일수록

어려운 말일수록
아픈 말일수록
조금 덜 상처받게
조금 덜 아프게,
꽃으로 감싸주기로 해요

18

잘… 있니?

어느 날 내 안의 푸른 것들이 모두 죽은 것을 발견했다.
내가 심은 것도 있었고 누군가 심겨준 것도 있었는데 나무들은 남김없이 말라죽어 있었고 버석거리는 바닥에서는 먼지가 피어올랐다.

분명 이곳에는 커다란 그늘이 있었는데,
맑은 공기도 있었고
눈이 시원한 풍경이 있었는데.

모든 게 죽어버렸다.

돌아보지 않으면 모두 죽어버린다.
들르지 않고 관리하지 않으면 그냥 낡아버리는 것이 아니라 죽어버린다. 한 번 죽은 것을 다시 살리기는 너무 힘들다. 몇 년이 걸리기도 하고 평생이 걸리기도 한다.

그러니 죽기 전에 꼭 돌아봐.

전부 다 시들어버리기 전에,
다 날아가기 전에
꼬옥 잡아라.

지나가줘…… 지나가라…… ……지나간다!

지나가줘, 지나가라,
아니 지나간다

처음에는 지나가달라고 약간 애원.
그다음은 지나가라고 약간 부탁.
이 두 가지를 지나서 그다음은
···
내 걸음으로,
내 마음으로,
내 행동으로.
내가 지나가는 게 훨씬 빠르고 훨씬 낫다는 것을 깨달았다.

첫 번째와 두 번째가 틀리고 세 번째가 맞다는 게 아니다.
그저 수동적이었던 내가 배움을 얻어 능동적인 나로 변했다는 것.
내가 걸음으로써 그 모든 것으로부터
더 빨리 지나갈 수 있게 되었다는 것.

차가움에서
멈추지말고

20

차가움에서
멈추지 말고

너무 차가운 곳에서는
멈추지 말아요.

겨울에서는 더욱.

파도 앞에서는 더더욱.

기왕이면
희망에서 멈추고
'봄' 앞에서 멈추길.

어떻게
살아야 하나?

늦은 휴가를 다녀왔습니다. 작년 봄, 여름, 가을 다 휴가가 없었거든요. 늦은 휴가였지만 해를 넘기면서 가장 빠른 휴가가 되었죠.

제주에 다녀왔어요. 제주는 참 언제 가도 좋습니다. 하루 종일 바다 근처에서 보고 걷고 생각했어요.

바다는 볼 때마다 마음이 좀 울컥해지는 게 있습니다. 한참 바깥 생활을 못하고 집에만 있다가 조금 나아져서 처음 멀리 간 곳이 바다였거든요. 그리고 그때도 겨울 바다였어요.

그렇게
모든 것들이 다 의미가 있고
사연이 있고
온도가 있습니다.

다시 만날 때마다
그때의 기억이 살아나고
그때의 이야기가 펼쳐지고
그때의 온도가 느껴져요.

대단한 목적이 있는 여행은 아니었지만 그래도 나름의 질문 하나를 던지고
왔습니다. 아니 매년 새해를 시작할 때의 여행은 늘 그랬던 것 같아요.
보이지 않는 나를 의자에 앉혀놓고 그 앞에 앉아 질문을 던집니다.

"어떻게 살래?"

'먹고사는 것'과 같은 생활의 물음부터 '정말 어떻게 살아야 하나', '어떤 마
음으로 살아야 하나'까지. 그 대답은 겨울 바다가 해주었습니다.

"
날개활짝

"이런 물빛 같은 마음으로"

그래요.
이런 빛깔을 안고 살아가면
괜찮을 것 같아요.

네.
일 년 동안 푸른빛 마음으로 살아가야겠다고 생각했습니다. 중간중간 너무
어두워 탁해지거나 너무 밝아져 날아가 버릴 것 같을 때 다시 한 번 이 날을
꺼내볼게요.

2부

덥고

" 아플때는 우주속에 홀로 버려진것같아 "

01

아프면 우주 속에
버려진 것 같아

며칠 전부터 슬슬 조짐이 보이더니 어제 오후부터 기어이 하루 종일 기절한 듯 *끙끙* 앓고 일어났다.

아프면 우주 속에 버려진 것 같다.

열이 나고 몸이 땅으로 꺼질 것 같고 머리가 멍해지고 어지럽다. 한동안 앓고 있다 보면 정말로 우주 속에 둥둥 내가 떠다니는 것 같다. 그렇게 아프다 보면 아이러니하게도 내가 다시 보인다. 내 삶이 다시 보이고 지금 내가 다시 보인다. 그동안 내가 중요하지 않다고 생각했던 모든 것들이 나를 향해 소리치며 지금의 내 삶을 재조립하게 해준다.

엄청나게 중요하다 생각했던 것들, 나를 괴롭히던 수많은 것들이 순간 다 사그라드는 경험. 아프지 않고 돌아볼 수 있다면 좋겠지만 결국 늘 이렇게 아프고 나서야 나는 나의 삶을 다시 관찰하고 쓰다듬는다.

아픈 것은 싫지만

아프고 난 후 꼭 이런 마음이 남아서 다행이다.

" 하지만 그 우주속에
홀로 떠 있다보면
진짜 내 삶과 다시 마주하게된다 "

02

나는 계속 고치고
또 고치고…

나는 계속 망가져간다.
어딘가는 녹이 슬고 어딘가는 떨어져 나가고 어딘가는 작동을 멈추게 된다.
다시 시작할 수 있는 것.
다시 시작할 수 없는 것.
이미 쌓은 시간을 다시 쌓을 수 없다. 다시 쌓을 수 없는 시간을 안타깝다,
후회한다, 끌어안고 "처음부터!"를 외치며 시간과 함께 무너져버리고 싶지
않다.

다시 시작할 수 있는 것.
다시 시작할 수 없는 것.
다시 시작할 수 있다면 다시 시작하고 그럴 수 없는 것이라면 고치고 또 고
쳐서 계속 가고 싶다.
끊임없이 살펴봐야 한다. 어디가 약한지, 어느 부위가 새고 있는지, 어느 곳
이 고장 난 건지 찾아봐야 한다.
손을 쓸 수 없을 정도로 너무 망가진 나를 내가 놓지 않게.

나는 계속 고쳐나간다.
녹이 슨 부분에 기름칠을 하고
떨어져 나간 곳에 새로운 것을 채워 넣고
작동을 멈춘 곳에 다시 불을 켠다.

생각보다 담은 놓지앙
풍경도 그리나 쁘지앙

03

마음속 평화

내가 요즘, 가장 원하는 것.
마음속 평화.
너무 시끄럽지 않고
너무 들떠 있지 않고
너무 가라앉지 않는
마음속 평화.

어차피 나에게 쏟아지는 수많은 일들, 내가 어쩔 수 없는 그 일들을 바꾸려고 발버둥 치지 않기로 한다. 그저 내가 바꿀 수 있는 나를 찾고 그 안에서 나의 평화를 찾기로 한다.
커다란 돌담을 만났을 때 넘어 가려고만 하지 말고 천천히 돌아갈 수 있기를. 오늘 하루 나에게 찾아온 일들의 결과만 마시지 말고 과정을 생각해보리라.

조용히
내 풍경을 바꾸고
조용히
내 마음을 바꾸는 일.

요즘의 내가 가장 중요하게 생각하는 것.

내가 나에게
평화를 줘야 한다

시간이 멈춘 골목에 쪼그리고 앉아 따뜻한 커피 한 잔을 마신다. 골목 바닥
에 뿌려지는 오전의 햇살을 보고 있노라면 시끄럽게 싸우던 내 안의 모든
것들이 잠시 멈추고 다들 기지개를 켜고 심호흡을 한다.
다시 시끄러워지겠지만,
다시 어지러워지겠지만,
그래도 이렇게 아주 잠깐이라도 내게 평화를 줘야 한다.

그 시간이 겨우 몇 분이다.
나에게 그 몇 분의 평화도 줄 수 없다면 나는 나에게 실격이다.

나의 행복은
내가 나에게
평화로운 시간을 어느 정도 주느냐에 따라 달라진다.

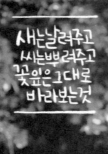

새는날려주고
씨는뿌려주고
꽃잎은그대로
바라보는것

#05

새는 날려주고

아주 예전에 어디선가 읽고 마음에 들어온 글 하나.
너무 좋아서 내 첫 책에 그림으로 그려서 넣었던 글.

새는 날려주고 씨는 뿌려주고 꽃잎은 그대로 바라보는 것.

마음이 어딘가 부스러지고 있다는 느낌이 들 때면 어김없이 이 글이 생각난
다. 단순한 욕심보다는 삶의 방식, 삶의 방향에 관한 글.
날아가야 하는 새를 붙잡아 가둬두고 있지는 않은지, 뿌려서 수확해야 하는
씨를 움켜쥐고 있는 것은 아닌지, 바라보기만 해도 좋을 꽃을 꺾어두고는
쳐다보지도 않고 그냥 어딘가 넣어둬 말라 죽게 만든 것은 아닌지…

어지러운 생각들아, 날아가라.
더 자랄 수 있는 것들은 모두 뿌리리라.
굳이 갖지 않아도 보고 있으면 기분 좋아지는
그때의 그 감정들을 놓치지 않으리라.

괜찮아요?

괜찮지 않은 시대.
괜찮지 않은 사람들.
괜찮지 않은 마음.

새로운 일주일이 시작되는 오늘, 내 주위 사람들에게 괜찮냐고 물어보고 싶다. 괜찮지 않은 마음과 몸을 꾹꾹 눌러 담아 삼키고 있던 사람이 있다면 커피 한 잔 사주고 도란도란 얘기하고 싶다.

괜찮냐고 물어봐주고
괜찮냐고 쳐다봐주고
괜찮냐고
얘기해주고.

작은 위로.
그 위로들이 모이면 다들 조금이라도 더 괜찮아지지 않을까?

모두들 괜찮아요?

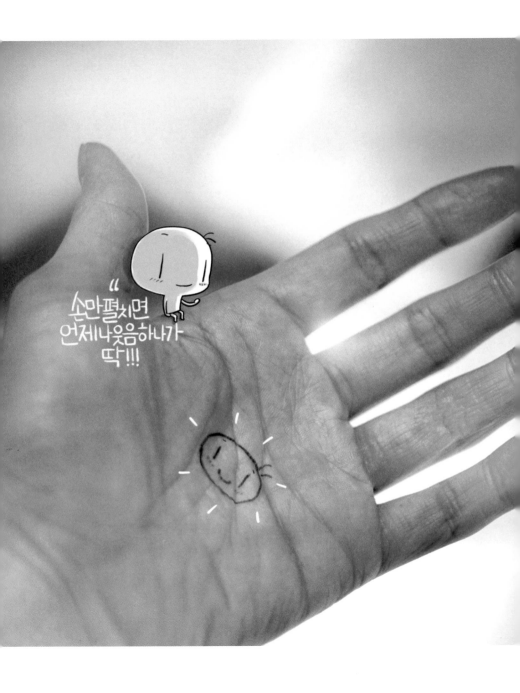

손 하나를
펼치면

손바닥에다 웃는 페리 얼굴을 그리고 하루를 시작했던 때가 있었어요. 예전에 제가 진짜 하루하루 너무 힘들던 시절이었죠. 제가 즐겨 쓰는 하이테크 포인트펜 0.3밀리로 손바닥에 조그마하게 웃는 얼굴을 그리곤 했습니다. 어떤 날은 손가락 끝 동그란 바닥 위에 그리기도 하고요.
그리고 하루 중 견딜 수 없이 힘들 때 한번 펼쳐보고 숨 한번 천천히 내쉬고 그랬습니다.

그때의 기억으로 아직도 손바닥을 펼치면 웃음 하나가 떠올라요.
이 간단한 동작 하나가 예전의 서랍을 열어 아 그때 어땠었고, 어떤 마음이었고, 어떤 생각이었고, 그래서 지금은 어떠한지까지 스르르 지나갑니다.
나만 아는 동작. 그 안에 담겨 있는 나만 아는 메시지를 이렇게 당신과 나눕니다.

손바닥을 펼치면 그 안에 언제나 웃음 하나가.
그렇게.

자기한테 던져놓고 아무것도 하지 않으면 무책임한 말.

하지만 무엇이든 하면 던질 때마다 힘이 되는 말.

괜찮아질거야 "

말이 필요하지
않은 순간

당신과 나 사이 아무 말 없어도 괜찮은 순간들.

뭐가 중요해?

얼마 전 히트 친 영화 때문에 요새 유행하는 말. 그 물음. 정말 중요한 게 뭔지 물어본다. 사실 중요한 것은 매번 바뀐다.

흩어져가는 **나이** 때문에도 바뀌고
지워져가는 **기억** 때문에도 바뀌고
사라져가는 **사람** 때문에도 바뀐다.

10대 때 가장 중요하다고 생각한 것이 20대에는 생각도 나지 않고 20대에 중요했던 것이 30대에는 하찮게 느껴지기도 한다.
중요한 것은, 정말 중요한 것은 계속 바뀐다.
돈이었다가
일이었다가
물건이었다가
사람이었다가
잡을 수 있는 것이었다가
잡을 수 없는 것으로
계속 바뀐다.

그래서 질문을 바꿔 묻는다.
"지금 뭐가 중요해?"
옛날에 뭐가 중요했는지 앞으로는 뭐가 중요할지 참고는 할 수 있지만, 과거에서 너무 많이 가져오거나 미래에서 너무 많이 끌어오면 지금이 희미해진다. 과거에 살면서 미래만 꿈꾸면 지금이 날아가 버린다. 뭐가 중요한지 대답하지 못한 채 어딘가에서 헤매게 될지 모른다.
지금 나에게 가장 중요한 것들에 충실하다 보면 어느새 내 인생에 무엇이 가장 중요한지 알게 된다.

산책하던 중 오늘 다시 나에게 물어본다.
"지금 뭐가 중요해?"

중요한 것? 거기높은곳 손안닿는 거기말고
지금 내발밑, 가장가까운곳에있을지몰라

11

내 마음속에
폐허만 있지 않다

늘 두 개의 마음을 가지고 삽니다.
혼자이고 싶지만 같이 하고 싶고
놓으려 하면서 잡고만 있고
아닌 것 같지만 고개를 끄덕이는 그런 마음.
한쪽은 폐허로 두고 한쪽은 잘 가꾸어놓는 그런 마음.

두 가지 마음의 균형을 잘 잡는 게 가장 중요해요.
어느 마음으로 살지, 어떤 곳에서 지낼지, 선택하고 선택하는 일.
어떤 순간에 어느 곳으로 갈지 어느 마음을 보낼지 선택하고 선택하는 일.
결국 그것은….

너무깜깜한커피만
계속마셔야한다면
달달한게필요할때도있다

… 안 좋아도 달달한 게
필요할 때가 있어

단 거는 몸에 안 좋아. 그거는 안 좋아. 그러면 안 돼. 아니야.

…

..

.

하지만 달달한 게 필요할 때가 있다. 늘 똑바르게 걷지 못하고 늘 좋은 것만
만날 수 없고 늘 바른 이야기만 할 수 없으니까.
이를 테면 너무 깜깜한 커피만 마셔야 할 때,
내가 상처받을 것 같더라도
내 마음이 좀 아플 것 같더라도
해야 할 때도 있다.

그래.
우리에겐 분명히 달달한 게 필요할 때가 있다.

13

<u>반짝!</u>

눈이 번쩍 뜨이게
머릿속에서
반짝이는
큰 전구에 불이 들어오는 순간.

"맞다, 그거."

그렇게 떠오른 생각을 잡아요.
기록하고
기록해서
놓치지 말고
현실 위에 풀어놓아요.

그렇게 켜진 불을 꺼내어
눈앞에 놓았을 때
당신은
더 잘 찾을 수 있을 테고
더 선명하게 볼 수 있을 테고
더 오랜 시간 볼 수 있을 거예요.

"반 짝!"

당신의 머릿속에서
수없이 반짝이는
그 모든 불빛들이
온전히 꺼내어지길.

무. 중력

나를 한없이 가라앉히고
나를 다시 끌어올린다.

오후였던가? 새벽이었나?
사람 없던 전철 안을 가로지르던 그 햇살이었던가?
흙냄새가 피어오를 정도로 바닥을 두드리던 여름비였나?
그게 어느 순간이었는지 모르겠더라.
그게 어떤 힘이었는지 알지 못했다.
알고 싶어서 하나씩 적어보고, 기억하고 찾아보고, 찾아다니고 그걸 다시
기억하고 새겨 넣었다. 그냥 흘러가게 물 위로 던지지 않고 내 안에 박힌 돌
에 새기고 새겼다.
시간이 지나고 나니 아 떠오르겠구나, 가라앉겠구나, 어렴풋이 알게 되었다.

한없이 떠올라봐야 그만큼이다.
한없이 가라앉아봐야 저만큼이다.

그게 가장 큰 진실이다.
올라가면 내려올 테고 내려가면 올라갈 거다.
그것을 다시 아로새긴다.

#15

진짜 바다를 만나

문 뒤에서 보지만 말고
문 열고 나가 진짜 바다를 만나.

이번 파도도 잘 넘을거야
어차피 만난 파도
즐겁게타자

어차피 만난 파도,
어차피 만날 파도

일 년의 절반쯤 지났을 때 문득 돌아보면, 처음 세웠던 계획들이 마구 틀어
져 있다. 안 되는 게 있고 안 된 게 있고 안 될 게 널브러져 있다.
파도는 그렇게 계속 온다.

어차피 만난 파도.
아니
어차피 만날 파도.

즐겁게 즐겁게.
그래, 즐겁게 타자.

한편으로는 파도를 만나면 두근두근하기도 한다. 때로는 파도가 나를 생각
지도 않았던 곳으로 데려가 주기도 하니까.

또 바다로 나간다. 돛을 올리고 노를 젓는다.
어차피 파도를 만날 테고 어차피 비바람을 만날 테고 어차피 따가운 햇살 아래 놓일 것이다.

어디로 가겠다는 생각과 어떻게 해야겠다는 의지만으로 안 되는 것을 깨달았을 때, 지속 가능한 항해를 위해 내가 무엇을 해야 할지 점점 명확해졌다. 목적지를 설정하는 것도 중요하지만 항해 그 자체에 집중하는 것, 좋은 항해가 될 수 있게 만드는 것이 가장 중요하다.

어차피 파도를 만날 테고
어차피 비바람을 만날 테고
어차피 따가운 햇살 아래 놓일 것이다.

이 작은 배를 넓혀서 덜 흔들리게 만드는 일. 잠시 쉬어가는 육지에서의 순간순간마다 "아 좋은 항해였다" 말할 수 있는 그런 일. 내가 좋아하는 바람, 내가 좋아하는 비, 내가 좋아하는 햇살, 내가 좋아하는 파도… 그것들과 함께하는 것.
파도를 만날 때마다 점점 더 선명해진다.

좋은 항해. 무엇이 좋은 건지 점점 명확해진다.

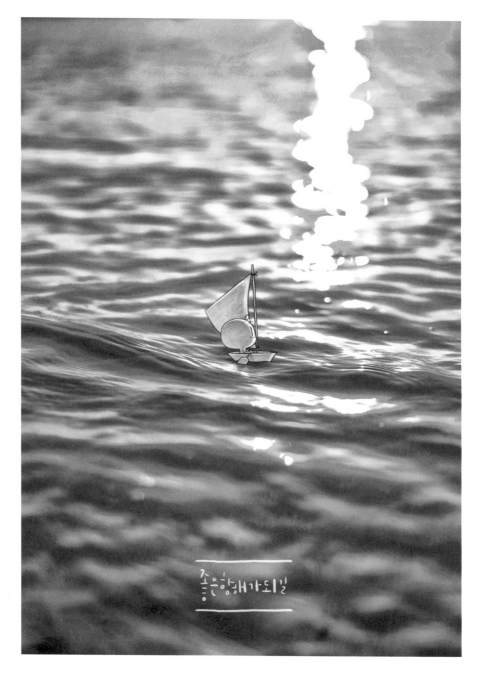

좋은 항해가 되길

그것으로
나아간다

そ

그것으로
나아간다

거절당하고 실패하고 그것으로 나아간다.
성공했을 때만 두근거리는 것이 아니다. 계획했던 일이 실패하거나 보낸 제
안이 거절당했을 때도 두근거림을 경험한다.
실패와 거절 후에 오는 두근거림은 어떤 에너지로 변환된다. 내 심장 어딘
가로 흘러가 불을 지르기도 하고 어딘가를 당기고 어느 곳은 풀어버린다.

다시
앞으로
나아가는
에너지.

다시
손을
저을 수 있는
에너지.

129

18

특별한 하루의 스위치는
누가 켜는가?

어떤 2월은 하루가 더 주어진다.

29일.

그 하루를 특별하게 보내기 위한 스위치를 켠다.

사실 오늘 특별한 일은 없다. 그냥 월요일이고 그냥 한 주의 시작이고 그냥
평범한 하루지만 스위치를 켠 순간 조금 특별하게 변한다.

사 년마다 하루씩 주어지는 보너스 같은 날이라고 생각하니 그렇고

내일은 달이 바뀌어 곧 봄이 올 것 같아 그렇고

봄이 오면 다시 한 해가 시작되는 것 같아 더 그렇다.

스위치를 켠 순간, 모든 게 '조금' 특별해진다.

하늘도 바람도 사람도 그날의 커피도 모든 게 특별해진다.

단지 난 원래부터 있던 스위치를 켰을 뿐인데.

"특별한 하루를 만드는 스위치는
누가 켜는가?"

오늘하루
특별하게

그래, 신호가오는순간이있

그래,
신호가 오는 순간이 있지

"신호가 오는 순간."
파란불이든 빨간불이든 가슴에 불이 들어오고 머릿속에 삐 — 하는 소리가
들리는 순간. 가슴이 두근두근거리고 온몸에 피가 뜨거워지는 순간.
내 나이에 이래도 되나? 지금 내가 이래도 되나?
이런 고민들이 모두 날아가는 순간.

그때 고개를 돌리고
눈을 감아버리고
귀를 막아버렸던
나는
떠나지 못하고
쓰지 못하고
그리지 못하고
부르지 못했지.

그 신호가 틀릴 수도 있고 그 신호 때문에 내가 어디로 흘러갈지도 모르지
만 나는 계속 나에게 신호를 보내고 내가 그 신호를 받길 바란다.
그래서 계속 쓰고, 그리고, 부를 수 있었으면 좋겠다.

무언가를
완성시켜본다는 것

입시미술학원에서 그림을 배울 때였다. 그림을 그리다가 어느 정도 과정이
되면 완성은 안 하고 이런저런 핑계를 대며 하던 것을 치우고는 그림을 새
로 그리던 친구가 있었다. 예비생 시절이어서 가능한 일이었지만 아무튼 딱
어느 지점까지만 하면 늘 그림을 접었던 그 친구는 그 어느 지점까지는 정
말 그림을 잘 그리게 되었다.
하지만 더 이상 나아가지 못했고 어느 날부터는 망쳤든 어쨌든 끝까지 해
보는 다른 친구들에게 중간 과정마저도 따라잡히기 시작했다.

어떻게든 이 일을 끝맺어야 하는 고민이 들 때 나는 그 일이 떠오른다. 물론
종이를 새로 깔고 다시 시작해야 하는 순간도 있겠지만 죽이 되든 밥이 되
든 끝까지 가보지 못하면 결국 '나만의 완성'을 볼 수 없게 될 테니까.
완성의 기준은 다 다르다. 각자의 삶이 있고 상황이 다르고 풍경이 다를 때
는 특히 더 그렇다.
결국 본인이 제일 잘 안다.
지금 이것이 완성인가 아닌가.
내가 정말 끝까지 가봤나 아닌가.

해가 지면서 퍼지는 오묘한 색깔은 단번에 만들 수 없다.
온전히 하루를 다 써야 그 색깔이 찾아오고 어느 날은 아예 찾아오지 않기
도 한다.

365일 매일 멋진 석양을 볼 필요는 없다.
좀 망가지고 그다지 볼품없더라도 일단 '내가' 완성을 해보는 것.
그렇게 끝까지 가보는 사람들은
언젠가는 결국 자신만의 석양을 보게 된다.

#21

한 모금이 달라지다

얼마 전부터 역류성 식도염이 생겼습니다. 워낙에 많이들 앓는 고질병이지만 저는 처음 겪는 일이었어요. 커피가 좋지 않다 하여 며칠간 커피를 끊고 안 좋다는 것을 멀리하며 약을 먹었더니 그새 많이 좋아졌습니다. 저는 술도 안 마시고 담배도 안 피우고 고기를 많이 먹는 것도 아니고 커피도 하루 한 잔, 조금 더 마시면 겨우 두 잔이었는데… 억울했어요.

(금방 사라진) 봄밤이 아닌 (벌써 찾아온) 여름밤처럼 더웠던 어제, 아이스 아메리카노를 한 잔 사 들고 한 모금 마셨는데… 아!!!
정말 너무 맛있는 거예요. 최대한 연하게 타달라고 했는데도 진짜 너무 맛있어서 한 모금, 한 모금 책을 보듯 천천히 마셨어요. 커피 마시는 것을 참 좋아했지만 어젯밤 마신 시원한 커피 한 모금은 정말 '금'처럼 반짝이는 한 모'금'이었습니다.

행복한 한 모금.

별거 아닌 것 같은 작디작은 일이지만 그런 한 모금 한 모금을 놓치지 않는다면 전 더 행복해질 수 있을 거라 생각했습니다.

한 모금

매일같이 한잔두잔
마시던커피,
역류성식도염 때문에
한동안 못마시다가
괜찮아져서 오랜만에
마셨는데 T^T 너무맛있어!
한모금 한모금이
진짜 꿈같은느낌이야
그렇게 잠깐사라졌던것들이
다시 돌아오면 그동안 내가
잊고있던 것들이 다시깨어난다

어떻게 쉬는 게
가장 좋은 쉼인가?

사실 쉴 수 있다는 것 자체가 행복입니다. 맞아요. 쉬고 싶은 순간에 쉴 수 있는 삶을 살고 있는 사람이 얼마나 될까요?
돈이 없어서 쉬지 못하는 사람.
시간이 없어서 쉬지 못하는 사람.
돈, 시간 다 있는데 쉬지 못하는 사람.
우리는 얽히고설킨 삶의 줄에 묶여 언제나 선택을 해야 합니다.

우리는 종종 한계를 뛰어넘고 무한한 꿈을 꾸며 달려가라고 말합니다. 그 말은 틀리지 않아요. 저도 꿈을 꾸고 이루기 위해 달립니다. 하지만 그 이야기는 모두에게, 모든 순간에 적용되는 것이 아닙니다. 인생의 수많은 진리와 명언들은 맞지만 틀린 이야기입니다. 어느 장소, 어떤 순간, 어떤 상태에 따라 모두 다르게 적용될 뿐이죠.
자신의 한계를 가장 잘 아는 사람은 누구일까요? 우리는 자신의 '지금'을 조금은 볼 수 있어야 합니다. 적어도 나라는 사람을 스스로 들여다볼 수 있다면 지금 나의 한계치를 정할 수 있습니다.

체력적 한계.
정신적 한계.
경제적 한계.
거기서 멈추라는 것이 아니라 '나의 지금'을 좀 더 잘 알아보라는 것이죠.

할 수 있느냐 없느냐 하는 도전에 관한 게 아니라 자신만의 가이드라인에 대한 이야기입니다. 나에 대한 것들을 내가 조금이라도 더 많이 알게 되는 순간 삶은 조금 더 명료해집니다.

누군가와의 다툼도, 어떤 일을 얼마만큼 할 것인가에 대한 선택도, 조금 쉬워집니다. 갈 것인가 말 것인가, 할 것인가 안 할 것인가. 이런 선택에서 자신만의 가이드라인이 세워지는 거죠.

물론 그 가이드라인은 내가 한계를 깰 때마다, 내가 더 큰 꿈을 꾸고 성취할 때마다, 내 행복의 기준점이 달라질 때마다 수정될 겁니다.

인생은 계속해서 뭔가를 배우는 과정인데 그중 가장 큰 것이 나를 배우는 과정입니다. 평생을 가는 과정이지만 어느 정도 나이를 먹으면 하나씩 수료증이 생겨야 하지 않겠어요?

나에 대해 알게 되면 쉼의 질이 결정되죠. 내가 언제 어떻게 무엇으로 쉬어야 하는지 빨리 알 수 있으니까요. 누가 봐도 편안하게 쉬고 있는데 불편한 사람이 있고 저 사람은 그다지 쉬는 것 같지 않은데도 최고의 쉼이기도 한 것처럼요.

모두가 똑같이 쉴 수 없고 같은 양의 돈을 가질 수 없으며 같은 생각, 같은 마음일 수 없습니다.

나의 쉼, 나의 상태, 나의 생각, 나의 마음을
내가 아는 것이 가장 중요합니다.
모두가 그런 쉼을 찾기를 바랍니다.

그때 나의 시간이
잠시 느리게 갔다

몸이 아파서 일 년 반 넘게 집에만 있다가 처음 외출한 날, 나는 명동에 갔다. 그냥 사람이 가장 많은 곳에 가고 싶었다. 이십 년이 넘게 오르락내리락하던 낡은 아파트 계단에 발을 내딛는 순간부터 가슴이 뛰고 마음이 말랑말랑해졌다.

지금은 이름이 바뀌었지만 그때 집 앞 2호선 역 이름은 성내였고 사람이 별로 없는 한낮의 지하철 창문 안으로 쏟아져 들어오는 햇살은 말랑말랑해진 내 마음을 결정적으로 쥐고 흔들었다. 나는 눈물이 터져 나오는 것을 참을 수가 없었다.

일 년 반 만에 직접 쬐는 바깥의 햇살과 그 햇살을 타고 부유하는 먼지의 냄새마저 다 좋았다. 그리고 그 순간 차창 밖으로 흘러가는 모든 모습들이 느리게 바뀌었다.

명동에 도착해서 그날 해가 떨어지는 순간까지 걸어 다니고 그냥 아무 데나 앉아 지나는 사람들을 보고 시끄러운 소리를 들었다.

사람은 무뎌지고 기억은 희석된다.

그날만큼은 아니지만 아직도 어떤 시간은 종종 느리게 간다. 그때로부터 열몇 번의 계절을 지나왔다.

3부

적당하고

커피한잔 들고 밤산책, 생각을 한 1m쯤 떼어서
데리고 다닐수 있는 계절로 들어간다.

생각을 1미터쯤
떼어놓고

어지러운 생각들,
복잡한 이야기들,
수많은 걱정들,
이런저런 잡다한 생각들을
한 1미터쯤 떼어놓고
다닐 수 있는 계절.

그런 계절을 만나고
나는 그 계절에게서 또 배운다.

내머릿속
어떤부분을늘릴 것인가?
지분상황

무엇을 늘리고
무엇을 줄일 것인가?

내 머릿속 지분 상황을 확인한다. 혹 재조정할 것이 없는지 살펴본다. 회색 빛 흐리멍덩한 구름으로 머릿속을 가득 채우기는 싫다. 어떤 색깔은 좀 빼야겠고 어떤 색깔은 좀 더 늘려야겠다.
내 머릿속이어도 내 마음대로 다 어찌할 수 없는 걸 알지만 하나의 색깔로만 가득 차지 않도록….

더 많이 보고
더 많이 듣고
더 많이 쓰고
더 많이 그리고
더 많이 걷기로 했다.

03

내 안에
출입금지

무엇이 나를 괴롭히는가?
무엇이 나의 행복을 잡아먹고 무엇이 나를 어둠으로 몰아넣는가?
무엇을 들이고 무엇을 막을 것인가?

무엇이든, 어떤 사람이든, 그 어떤 일이든 내가 정하고 컨트롤할 수 있었으
면 좋겠다. 그 모든 것에 가장 큰 기준은 행복.

내가 언제 가장 행복한가
내가 누구와 가장 행복한가
내가 어디서 가장 행복한가
바로 그것.

내 안에 들이지 말 것들.

너무 빠른 포기

너무 이른 절망

너무 늦은 후회

너무 많은 미움

너무 많은 욕심

계속해서 추가 중

……

나의 로켓은
무엇인가?

거의 매일 그림을 그리고
거의 매일 글을 쓰고
거의 매일 사진을 찍는다.
거의 매일 커피를 마시고
거의 매일 거리를 걷는다.
거의 매일 음악을 듣고
거의 매일 노래를 한다.
거의 매일 사람을 만나고
거의 매일 이야기를 한다.
거의 매일 하는 그 모든 것들.

지금 하는 것들을 못하던 때가 있었다.
그리고 못하는 순간이 언제 다시 올지 모른다.
나에겐 거의 매일 하는 모든 것들이 나의 로켓이다.

나를 원하는 곳으로 데려다줄 로켓.

그것을 알고 난 순간 모든 것이 사라져도 나의 로켓은 사라지지 않는다.

그날
난
숲에서
무지개를
만났다

다섯 번째 제주 여행의 마지막 날 늦은 밤이다. 내일 저녁 비행기로 올라갈 예정이라 약간의 일정이 남아 있지만 몸 컨디션이 매우 안 좋아 특별히 무엇을 할지는 알 수 없는 그런 밤.

제주 여행 경비면 외국도 간다고들 하지만 난 사실 제주가 좋다.

물놀이는 하지 않지만(못하지만) 발만 담그고 지는 해를 보고만 있어도 좋은 협재의 에메랄드빛 바다. 바다에서 조금만 올라가면 커다란 숲이 있는 것도 좋다. 지금의 나에겐 제주로도 충분하다.

제주의 하늘도 좋았고 구름도 좋았고 다섯 번째 보는 사람들도, 그 공간들도 모두 사랑한다. 제주에 오면 여행이라는 것을 할 수 있을까 생각하던 그 시절로부터 "와아 이만큼이나 왔네" 하고 얘기해주는 것 같아서 좋다.

나름 잘 관리해온 덕에 이삼 년 동안 심한 2차 감염(아토피로 인한 바이러스성 감염으로 조금 고생했어요)은 없었는데 오늘의 몸 상태로는 아마 한 달(혹은 조금 넘게) 정도 고생할 듯하다. 제주 탓도 아니고 마음에 들지 않았던 의사 탓도 아니고 내 탓도 아니다. 그냥 그런 일이 일어났고 좀 보기 안 좋고 괴롭고 아프고 힘들지만, 나아질 테고 그러면서 계속 나아가는 거다.

돌아가면 열한 번째 책 작업(이 책이었어요)을 시작할 계획이다. 그리고 몇 가지 자잘한 꿈들을 제주에 있으면서 기록해놓았다. 몇 가지는 이루어지겠지만 몇 가지는 안 이루어질 거다. 그러면 또 "아쉽네" 하면서 과한 욕심은 버리고 적당한 욕망은 챙겨서 다음에 또 가보는 거다.

생각처럼 안 된 것들도 많지만 이루어진 것도 많다.

언젠가 더 멀리 갈 수도 있겠지만 못 가도… 상관없다.

나는 지금 그런 마음이다.

원하는 것을 얻으면 좋고 못 얻어도 상관없다. 사람이라 계속 아쉬워하겠지만 딱 그만큼이다.

아쉽네… 할 수 없지. 다음이 있겠지. 언젠가 하겠지.

이런 마음.

그날 난, 하늘에서도 보지 못한 무지개를 제주의 숲에서 보았다.

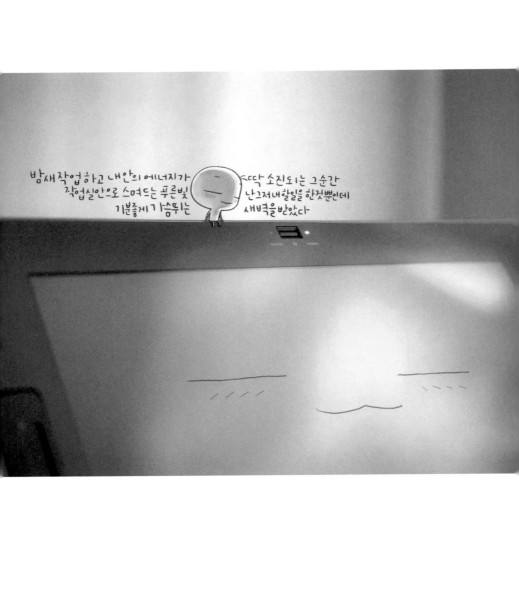

밤새 작업하고 내안의 에너지가
작업실안으로 스며드는 푸른빛
기분좋게 가슴뛰는

딱 소진되는 그순간
난 그저 내 할일을 한것뿐인데
새벽을 받았다

06

그런 순간이 있어서
행복하다

하루.
때로는 너무 길고 너무 고단하다. 아무 일도 일어나지 않아서 힘들고 너무
많은 일이 일어나서 힘들다. 하지만 그 고단한 '하루' 중에 내가 좋아하는
순간이 숨어 있다.

가령 밤새 작업하고 내 안의 에너지가 딱 소진되었을 때
보랏빛 푸른 기운이 작업실 안으로 스며드는 순간이라든지
창문 블라인드 틈 사이로 곧게 들어오는 낮의 기운이라든지
하루가 끝나갈 무렵 바닥에 깔리는 내 그림자를 보는 순간들.

이 세 가지를 제대로 보는 날은 큰 나쁜 일 없이 하루의 시작과 끝을 보았다
는 뜻이라서 고마워할 일들이 마음을 건드린다.

행복하기 위한 조건들은 찾기 너무 어려운 시대.

불행하기 위한 조건들은 손쉽게 찾을 수 있는 시대.

나는 내가 사랑하는 그 시간들을 잊지 않고 살고 싶다.

07

오늘 하루,
끝나기 전에

그제, 어제는 휴일임에도 공기가 너무 나빴고 그나마 나아진 오늘은 월요일
이다.
월요일에 가장 필요한 것.
요즘 우리에게 가장 필요한 것.

웃을 일.

웃어야 웃을 일이 생기는지 웃을 일이 있어야 웃음이 생기는지 하는 생각은
미뤄두고. 하루가 거의 끝나가는 즈음, 그냥 끝내면 안 될 것 같으니까.
커피 한 잔 사들고 몽글몽글 빛방울 한 잔 마시며 스윽스윽,
내 얼굴에 웃음 하나 칠해준다.

"오늘하루"
끝나기전에

이런 날이 있다.
이런 날이 온다

요 며칠은 정말 하루가 가는 게 아쉬울 만큼 하늘은 눈부시게 파랗고 바람도, 온도도, 걷기에 너무 좋아서 낮이든 밤이든 순간순간이 너무 좋았어요.

이런 하늘이, 이런 온도가, 이런 바람이, 얼마나 그리웠는지 몰라요.

숨이 턱턱 막히던 뜨거운 태양이 언제 그랬냐는 듯이 사라져버렸습니다.

글을 쓰는 오늘은 밖에 비가 오고 기온이 무려 20도 아래로 내려갔습니다.

놀라울 정도로 날씨가 일방통행인 요즘.

생각해보면 인생이 이래요. 끝나지 않을 것 같은 그 모든 일들이 어느새 사라지고 새로운 계절과 새로운 바람이 불어오니까요. 인생에 이런 날이 얼마나 있을까 생각해보면 요즘의 하루가 얼마나 의미 있고 소중한지 다시 느끼게 됩니다.

아직 더위가 남아 있을지도 몰라요. 곧 파란 하늘도 잘 볼 수 없을지 모르고 며칠 동안 너무나 사랑스럽던 온도는 오르락내리락하다 급하게 다음으로 향할 테죠.

그래서 기록해놓고 기억해놓습니다.

하늘도 바람도 온도도

이런 날이 있다.

이런 날이 온다.

기억하고 기록합니다.

그날은 그랬다

그날은 어떤, 좋은 하루였다.
내 편이었던 하늘,
내 편이었던 온도.
내 편이었던 사람들이
하루 종일 내렸던 그런 날이었다.

그냥보내기에는
아쉬운날들이
너무많아—

좋아서 두둥실

색깔이 더 짙게 보일 때가 있다.

다른 이들에게는 보이지 않는데 나에게만 보이는 순간들. 돈이 되지 않는
일과 돈이 되는 일의 경계가 희미해질 때 나는 종종 그런 색깔을 본다.

분명히 그 일은 돈이 되지 않는 일인데 나중에는 나에게 돈으로 돌아오기도
하고 혹은 훨씬 더 커다란 기쁨으로 돌아오기도 한다.

누가 봐도 상관없고 뭐라 해도 괜찮고 힘이 드는 일인데 몸이 살짝 떠오르
는 순간, 나의 색깔이 짙어진다.

무엇이 나를 떠오르게 하는가?

팔을 막 휘저으며 달려갈 만한 일.

아무 생각 없이 그냥 즐거운 일.

좋아서, 그냥 좋아서 두둥실거릴 만할 일.

몇 개쯤은…

아니

하나쯤은.

11

인생은
결국 합주다

내가 아무리 뚱땅뚱땅하면서 멋진 소리라 감탄해도 모두가 같이 연주하는 소리를 따라갈 수가 없다. 내가 알아채지 못한 빈 공간을 다른 친구가 채워주고 내가 틀린 그 부분을 다른 친구가 덮어준다.

인생은 너무 길어서 때때로 무대에서 독주를 해야 하는 순간도 있지만 그 모든 순간순간을 합쳐도 우리가 같이 모여 합주하는 시간의 반의반도 안 될 거다.

혼자 내는 불빛이 얼마나 반짝일 수 있을까?

얼마나 멀리 갈 수 있을까?

결국 '인생은 합주다'라는 것을 깨달았을 때

더 오래,

더 멀리,

더 행복하게….

나는 수많은 불빛들을 타고 인생을 건너간다.

그렇게 우리는 더 오래 함께 반짝인다.

마음을
던지던 순간,

마음을 던지는 순간에는 크게 두 가지가 있다.
버리는 게 있고
보내는 게 있다.

마음이 무거워질 때… 그때는 버린다.
어느 순간부터 가슴을 지그시 누르면서 숨을 가쁘게 하고 삶을 지치게 할
때, 마음을 버린다.
마음이 너무 부풀어 오를 때… 그때는 보낸다.
사람 때문이든 일 때문이든 마음이 너무 부풀면 그때는 보내야 한다.
마음을 버리든, 보내든, 비워내는 연습이 되면 내 길 위에 꽃잎이 비처럼 내
리는 경험을 하게 된다.

꽃잎이 비처럼 내리고
마음이 비처럼 내린다.
그 길을 일단 한번 걷고 나면 나는 언제든지 새로운 마음으로 다시 시작할
수 있다.

내가 보지 못하는 곳
너머

그 너머에 바다가 있었습니다.

조금만… 이제 조금만 더 헤쳐나가면 바다를 볼 수 있을 것 같으니까 한번
돌아보고 한번 웃어주고 다시 걸음을 옮기려고 합니다.
뜨거운 것을 하나 걷어내면, 시원한 게 하나 기다리고 있습니다.
어지러운 것들을 치워보면 편안한 곳이 펼쳐집니다.
사실 저도 뭐가 기다리고 있는지 몰라요. 만약 바다가 기다리고 있다면 이
제 그 바다를 건너야 하는 더 큰일이 생길 수도 있습니다.

그래도, 그래도 말이에요.
앞으로 나아가고 싶습니다.
더 깊고 더 넓은 곳으로.
어찌 됐든 일단 한번 가보고 싶습니다.

14

하루의 조각들

하루는 24번의 조각이 되고 그 조각들은 또 1,440번 조각난다.

그 조각들은 또 작은 조각들로 더 작은 조각들로 계속 내려온다.

나는 조각들을 줍기도 하고 버리기도 하고 모으기도 하고 그냥 날려버리기도 한다. 그 수많은 조각들 중에 단 한 개도 반짝이지 않았다면 그건 거짓말이다.

오늘의 조각 중 하나만,

딱 하나만 손에 쥐어도,

마음에 담아도,

눈에 새겨도,

그냥 보통의 하루가 괜찮은 보통의 하루가 된다.

마음은 완벽하게
정화시킬 수 없다

가끔 내 걸음이 너무 무거워진 게 아닌가 생각해본다. 가볍게 넘겨야 하는 것도 너무 무겁게 끄집어내어 복잡하게 만드는 게 아닌가 하고.
인생의 좋은 말들, 비난받거나 잘 팔리는 말들. 나는 세상의 모든 이야기들이 나름의 가치와 쓰임이 있다고 믿는다. 다만 그 이야기들이 언제 어디서 누구를 만나느냐에 따라 아무런 가치도 없는 이야기가 되느냐 아니면 인생을 바꿀 만한 지침이 되느냐 결정된다고 생각한다.

한없이 어둡던 시절이 있었다. 그때의 내 걸음은 너무 둔탁해서 옮길 때마다 애써 힘들게 바닥에 가라앉힌 어두운 것들이 다시 치고 올라오곤 했다. 많은 후회들, 잘못된 선택, 바보 같은 행동, 집착, 오해… 무거운 것들은 언젠가는 가라앉기 마련인데 괜한 불안으로 가라앉은 것들까지 다시 수면 위로 끌어올리곤 했다.
마음이라는 통은 완벽하게 정화시킬 수 없다. 내가 살아온 세월만큼 온갖 것들이 섞여 있고 나의 걸음이 흔들리면 내 마음이 탁해진다. 누군가에게 보여줄 수 없어 감추게 되고 감추게 되면 나는 사라진다.
되도록 가볍게. 살아온 시간이 이만큼이면 이제 그래야 한다.
마음의 통이 흔들려서 탁해지지 않도록.
가볍게 간다.

" 아무리 꼭 끌어안고 있어도
이 커피는 곧 식을테니
그냥 가장 마시기 좋은때에
마시는게 좋아 "

16

가장 좋은 온도에서,
그러니까 가장 좋은 때에

끌어안고, 조금이라도 더 끌어안고.
아무리 그렇게 해도 시간과 함께 흘러가버리는 것들이 있다.
시간은 모두에게서 공평하게 가져간다. 시간의 양은 모두에게 똑같지만 그
질은 다 다르다. 그래서 빨리 알아챌수록 내 시간은 더 행복해진다.

어떤 것이 시간과 함께 정직하게 사라지는지
어떤 것이 시간을 거스르며 오래 남는지.
시간에 잡아먹히지 말고
시간을 살아내고 싶다.

돌아가지도 않을 시계를 억지로 돌리느라 앞으로의 시간을 보지 못하며 살
고 싶지 않다. 추억은 그냥 돌아보는 것이지 그때로 돌아가는 것이 아니니
까. 아무리 꼭 끌어안고 있어도 커피는 곧 식을 테니 가장 마시기 좋은 순간
에 제일 많이 느끼면서 마시고 싶다.

괜찮다고
아무도
얘기해주지
않았을때
하늘이말을걸었다

#17

하늘이 괜찮다고

그날 하늘이 괜찮지 않았다면 어떻게 됐을까?
그날 하늘이 그토록 파랗지 않았다면, 그날 구름이 그렇게 몽글몽글하지 않
았다면, 그랬다면 어떻게 됐을까?
"하늘이 괜찮네."
누군가 아무렇지도 않게 한 그 이야기를 잘못 들었다.

"하늘이, 괜찮대."

머리를 들어 위를 올려다보니 새파란 하늘이 있었다. 그 새파란 하늘 중간
중간 몽글몽글 하얀 구름들이 천천히 흘러갔고 한참 동안 하늘을 보고 있
었다.
그러니까, 그렇게 보고 있으니 진짜로 하늘이 나에게 말을 건네는 것 같았다.

괜찮다고.
힘내라고.

걸음을 옮겨보았다.

얼마큼 걷다가 앉아서 또 하늘을 보고 또 얼마큼 걷고 그렇게 하루가 다 지나갈 즈음 파랗던 하늘은 점점 노랗게 변했고 붉어졌다.

마음이… 풀어지는 느낌.

하루가 끝나면서 답답했던 것들이 같이 사라지는 것 같았다. 아무것도 아니라고 생각했던 것들이 말을 건네온다. 세상 모든 것들로부터 위로받기 시작했던 게 아마도 그때부터였던 것 같다. 사람이 주는 위로 말고도 수많은 위로가 있다는 것을 알게 된 것도.

어느 날 갑자기 세상의 모든 것들이

말은 건네오는 순간이 있다.

하늘이
나에게
괜찮다고
말해주었다

밤산책을하다
어느골목한구석에서
누군가만들어놓은
의자를만났다
투박해보였지만앉아보니
단단함이마치처음부터
이골목벽바닥과
함께였던것같다.
이골목,이자리를잘아는사람
애정을많이가진
사람이
만든것
같았다.
또
한계절이
끝나가는
어느밤
작은골목한쪽에서
만난의자에서
나는....어떤것을사랑한다는것에대해,
애정을갖는다는것에대해
다시한번생각해보았다

더 추워지기 전에 부지런히 산책을 한다.
커피를 한 잔 들고 작은 골목들을 걷고 걷는다.
어떤 생각은 버리고 어떤 생각은 주우면서 걷는다.

갑자기 추워진 어느 날 밤, 작은 골목 어느 곳에서 의자를 만났다. 잠시 그
의자에 앉았는데 너무 단단하고 흔들림 하나 없이 딱 맞아서 놀랐다. 균일하
지 않은 벽에 균일하지 않은 바닥인데 손으로 툭툭 만든 것같이 무심해 보였
던 의자가 어떤 비싼 의자보다도 더 잘 만들어진 것 같았다.
이 의자를 만든 사람은 아마도 이 골목을 매우 사랑하는 사람이리라, 이 자
리를 좋아하고 어떤 것에 애정을 가질 줄 아는 그런 사람이리라 생각했다.

나는 이 작은 골목, 이 사랑스러운 의자에 앉아
사랑한다는 것,
애정을 갖는다는 것에 대한
생각 하나를 주웠다.

19

해가 지는 짧은 시간,
모든 게 있다

어제 해가 지는 동안 여기, '특별한' 햇살이 떨어지는 자리에 앉아 시간을 보냈다. 아무도 나에게 '특별한' 햇살이라고 말해주지 않았지만 그냥 특별해 보였다. 새해라고 생각하니 조금 신나다가 나이를 생각해보니 약간은 서글프기도 하고, 따뜻했다가 조금 지나니 살짝 추워지기도 하는 그런 온도 같은 시간.

아마 올해도 그렇겠지. 좋았다 나빴다 더웠다 추웠다 뭐 별거 있나, 별 수 있나. 내가 할 수 있는 것은 열심히, 그리고 즐겁게 하는 거지.
그래, 기왕이면 즐겁게 사는 거지.
나는 툭툭 털고 일어났다.

해가 지는 아주 짧은 시간,
그 안에 모든 게 있다.

나는
계속 가야겠다

안갯속을 걷고 있던 순간에도.

햇살이 반짝이며 부서지던 길 위에서도,
잠시 멈춰 서기도 하고.

하늘도 보고 바다도 보고
뒤돌아보기도 하지만
아예 멈춰버리거나 주저앉아 '뒤'만 돌아보고 싶지는 않다.

어찌 됐든 나는 계속 가야겠다.
되도록 웃으면서.

4부

따뜻해

01

온전히
보기로 했다

아무리 꼭 쥐어도 새어 나가버리는 것이 있고 아무리 붙잡아도 끝나버리는
순간이 있다. 그걸 알면서도 꼭 쥐고만 있다가 한번 제대로 보지도 못하고
끝나버린 수많은 나의 봄들.
그렇게 흘려버린 봄들이 얼마나 많았던가.

나는 꼭 쥔 손을 펼쳐 온전히 봄을 보기로 했다.

이제
봄이 보인다.

따뜻함이
불어온다

불어온다

바람에 따뜻함이 묻어온다.
반짝이는 것들이 실려와 내 주위에 뿌려진다.

당신이었고
봄이었고
사랑이었다.

<u>삶의 중간중간</u>

좋은 날도 많지만 간혹 계속해서 비가 내리는 시기가 온다. 어두운 거리 위험한 도로 한가운데에서 그 비를 흠뻑 맞는 기분. 차가운 비에 흠칫 놀라고 부들부들 몸이 떨린다.
모든 계획이 틀어지고 나의 운을 다 쓴 것 같은 순간.
그때 길 건너 불이 켜진 가게를 발견하곤 한다.

"
비 내리는
위험한 도로 한가운데서
온몸이 흠뻑 젖어 덜덜 떨릴 때
그 가게에
불이 켜질 거야
"

그렇게 들어간 가게에서 나는 몸도 말리고 커피도 한 잔 마시고 숨도 잠시 돌린다. 그리고 다시 길 위로 나설 용기가 생긴다.

산다는 것이 그렇다.

삶의 중간중간 따뜻한 가게가 있다. 당신을 위해, 나를 위해 불을 밝혀주고 문을 열어주는 그런 가게들이 있다.

아직도 난 누군가에게 이런 존재였으면 좋겠다.

그 불빛이 너무 따뜻해서
눈물이 났다

때로는 등대.
때로는 난로.

반드시 만나고
반드시 켜진다.

가장 어두웠을 때, 가장 추웠을 때 누가 켜놓은 것인지 모르는 불빛을 만났
다. 나를 위한 것인지 누구를 위한 것인지 모르지만 그 불빛이 너무 따뜻해
서 눈물이 났다.
길을 잃었을 때 누가 놓은 건지 모르는 그 불빛으로 길을 찾았고
가장 추웠을 때도 그 불빛이 어김없이 몸을 녹여주었다.

05

지금을 전부
보내고 싶어

아직 파란 하늘,
아직 같은 마음,
같은 생각들.

전하지 못한 모든 것들을 보내주고 싶다.

전하지 못하고 지금을 보내면 안 될 것 같아.

말하고
말하고
말해서

지금이 끝나기 전에
전부는 아니어도
진심을 알 수 있을 만큼만
전해졌으면 좋겠어.

마음안에
지금을
찍어놓다

찰칵

셔터를 누룰 수 있으면 지금이다.
찍어놓을 수 있으면 지금이야.

나에게 전해진 모든 것들을 박제해놓고 싶다면

바로 '지금'이야.

불어오는 전부가

당신이 생각나면 눈을 감던 때가 있었다.
눈을 감으면, 보이지 않으면 사라질 줄 알았다.
그래서 감고 또 감았다.

지금은 눈을 감지 않는다.
눈을 감으면 불어오는 전부가 당신이었다.

전부 생각이 났다

잊어버리는 것만이 최고라고 생각하던 때가 있었다. 쓰는 것보다 지우는 게 낫다고 생각하던 때가 있었다. 잊어버리면 다시 시작되는 줄 알았고, 지우면 다시 쓸 수 있을 줄 알았다.

억지로 지운 기억은 탈이 난다.
억지로 지운 것들은 살아날 때마다 다시 나를 괴롭힌다.

그러니 놔둬라.

어차피 시간이 지워주고, 사람이 지워주고,
나도 모르는 사이 내가 조금씩 지워간다.

전부 생각이 났다.
슬픔으로부터 여기까지 왔지만
많이 슬프지 않고
많이 나쁘지 않다.

"전부 생각이 났다"

09

꿈은 어떻게 나를

꿈은
물로 쓴 길 위를,
출렁이는 그 길 위를,
위태위태한 그 길 위를,
즐겁게 달릴 수 있도록 해준다.

제 어릴 적 꿈은 그림 그리고, 글 쓰고, 노래하며 사는 것이었습니다. 누가 들으면 "이거 완전 『개미와 베짱이』에 그 베짱이일세" 할 이야기지만 정말로 그게 꿈이었어요.

사실 전 (노래를 잘 부르는 것도 아니지만) 노래를 할 만한 체질이 못 됩니다. 노래 부르는 걸 좋아하지만 아토피 때문에 굉장히 심한 비염과 천식기가 있어서 호흡도 짧고 거의 코가 막혀 있거든요(아토피는 대부분 매우 심한 비염과 천식을 동반합니다). 그러니, 노래 부르는 것을 좋아하면서도 노래를 마음대로 할 수가 없죠.

대학에 들어간 후 병원에서 준 약을 좀 과하게 사용했습니다(물론 그때는 잘 몰랐습니다. 그냥 의사가 주는 약이니 오오~ 잘 듣는다, 고맙습니다! 이랬죠). 대부분 강력한 스테로이드제인데, 이게 비염이나 천식에도 효과가 있거든요. 게다가 컨디션이 굉장히 좋아집니다. 물론 당시에는 의사가 주니까 치료제구나 하고 열심히 약 먹고 주사 맞고 그랬습니다.

그 덕분에 좋아진 몸(?)으로 홍대의 모 클럽에서 만난 형님들과 1998년 겨울부터 1999년 겨울까지 일 년 동안 밴드 생활을 했어요. 마지막으로 공연한 게 1999년의 마지막 날, 12월 31일이었습니다.

이듬해, 2000년이 되자마자 몸이 너무 안 좋아졌어요. 알아보니 스테로이드 부작용들이더라고요. 병원에서도 더 이상 어떻게 할 수 없다고, 약을 줄여야 한다고 하는데 여러 가지 상황으로 아무것도 모르고 약을 단번에 끊었습니다. 그리고 그때 인생 마감할 뻔했죠(-_-;;; 아아… 역시 만화가는 마감!). 원래는 저처럼 하면 안 됩니다. 좋은 의사 선생님과 상의하면서 서서히 줄여나가야 해요!

그 후로 대략 일 년하고도 네 달 정도 집 밖에 못 나갔습니다. 반 시체처럼 누워 지냈죠. 60킬로였던 몸무게는 막판에 40킬로까지 줄어들었고 온몸이 피투성이 상처로, 머리도 다 빠지고, 거의 죽기 일보 직전까지 갔던 것 같아요(이래서 저처럼 하면 안 된다는 겁니다. 진짜 큰일 날 수 있어요! 환우마다 각자의 방식, 상황, 병증이 다 다르기 때문에 무조건 스테로이드를 사용 안 한다거나 확인되지 않은 방법들을 사용하는 것은 매우 조심하셔야 합니다).

집에만 있다 보니 할 수 있는 게 글 쓰고 만화 그리는 일밖에 없었어요. 혼자서 연습장에 이것저것 쓰고 그리기 시작했습니다. 당시 웹 에이전시를 운영하던 친구가 집으로 태블릿을 갖다 주고, 인터넷에 대한 여러 가지 얘기를 해주고, 제 홈페이지인 '뻔쩜넷'도 만들어줬습니다.
2002년, 저는 만화를 그려서 뻔쩜넷에 올리기 시작했고 사람들과 소통할 수 있었습니다. 아이러니하게도 인생 최악의 순간이 꿈을 향해 걸어갈 수 있는 시작이 되었습니다.

그 후에도 해마다 몇 개월씩 몸이 심하게 안 좋아져서 엄청 고생하고 나아지기를 반복했어요. 운동도 열심히 하고 나름의 치료들을 (참 힘들고 고되지만) 꾸준히 했습니다. 몸이 많이 안 좋아도 일단 그림은 그릴 수 있었고 노래에 대한 꿈도 계속 놓지 않고 있었습니다.

2002년, 첫 책 『포엠툰』을 출간하면서 그림과 글에 대한 꿈은 이루었으니 노래도 언젠가는 다시 즐겁게 할 수 있을 거라 생각했어요. 프로 가수를 꿈꾸는 게 아닙니다. 열심히 글 쓰고 그림 그려서 번 돈으로 합주실도 마련하고 옛날 밴드 형들이랑 일주일에 한 번씩 모여서 그냥 즐겁게 밴드를 하는 것. 조그만 클럽에 모여서 공연하고 우리끼리 녹음도 해보는 것! 딱 그거였거든요.

그렇게 한 해 한 해 보태어 십 년이 지났을 때, 단 두 곡뿐인 짧은 시간이었지만 다시 공연을 할 수 있었어요. 2009년 11월에 만화가들의 자선공연 '럽툰' 무대에 올랐거든요.

누군가는 아무렇지도 않게 하는 일이 제게는 엄청나게 힘든 일인 것이 많아요. 지금도 많고 앞으로도 많을 겁니다. 누군가에게 일일이 설명하기도 힘들고 어쩔 수 없이 감수해야 한다고 생각하면 그게 참 원망스럽고 힘들 때도 많아요.
하지만 생각해보면 전 꽤 운이 좋은 편이라고 생각해요. 가장 힘들었던 순간들이 모여서 지금을 살아갈 수 있게, 먹고살아갈 수 있게 해주었으니까요.

그리고 저는 다음 꿈을 꾸었습니다.
다시 노래하는 것,
고마운 사람들을 불러서 직접 대면하고 고맙다고 얘기하고 싶었던 꿈.

그리고 2016년 저의 열 번째 책 『나는 이제 좀 행복해져야겠다』가 나왔을 때, 이번에 못하면 안 될 것 같았습니다. 할 수 있을 것 같았어요. 첫 책 『포엠툰』으로부터 꼭 해야지 마음먹었던 그 꿈이 마침내 이루어졌습니다. 물론 제가 혼자 이룬 게 아니라 많은 사람들이, 그 수많은 조각들이 제 꿈의 빈 곳을 채워주시며 완성할 수 있었습니다.

긴 시간을 건너 오랫동안 간직하던 꿈 하나를 이루었어요.

제 꿈의 마지막 조각을 맞춰주신 수많은 당신들,
고맙고 고맙고 또 고맙습니다.
잊지 않고 오랫동안 간직하겠습니다.
저는 다시 그리고 쓰러 가요. 멈추지 않고 계속 가고 싶습니다.
다시 한 번 고맙습니다.

10

단 한 번의 화양연화,
아니 수많은 화양연화

"花樣年華."
인생에서 가장 아름답고 행복한 순간을 표현하는 말.

가장 아름답고 가장 행복했던 순간을
하나만 말하기에는
너무 많은 그날들에,
너무 많은 사람들에게
미안하다.

맞다. 생각해보면 단 한순간만이 아니었다.
'가장 아름답고 행복한 순간'이라고
하나만 꼽기에는
너무 많은 날들이 있었고
너무 많은 사람들이 있었다.
'가장'이라는 단어는 늘 시간에 따라 움직인다.

단 한 번의 '화양연화'가 아니라
수많은 '화양연화'.
가장 힘들었던 날들을
지날 수 있게
가장 아름다운 날들이 도와준다.

햇살꽃을
쏘받다

꽃길만? 아니 당신이 걷는 모든 길을 같이…‥

#11

꽃길을 걷게 해줄게?
아니…

살아보니까 그랬다.
꽃길만 걷게 해준다고 말했지만 세상 길은 꽃길만 있지 않았다.
'걷게 해준다'는 그 말도 거짓말이었다.
"이 길이 꽃길이야" 얘기하고는
결국 내가 원하는 길로
내가 원하는 걸음을 당신에게 강요하게 되었다.

당신은 당신의 길을 걷고
나는 나의 길을 걷다가
우리가 함께 그 길에,
그저 함께 걷는 사람이 되는 게 제일 좋다.

그렇게 함께 걷는 동안
걸음의 속도가 달라 잠시 떨어져 걷기도 하고
방향이 달라 잡은 손을 놓기도 했지만
우리는 다시 얘기하고 얘기하며 계속 같이 걷는다.

결국
나의 길,
너의 길,
서로 달랐던 이 두 길이 합쳐지고
그 길이 꽃길이었다.

비가 봄처럼 내린다

비가
봄처럼 내린다

비가 내리면
곧
봄이 비처럼 내릴 거다.

그때
잘
오래
많이 맞아야지.

고개를 살짝 돌리니
그렇게 봄

끝나지 않을 것 같은 겨울이 끝났다. 아니 끝나간다.

아마도 지나갈 겨울 마지막에 몇 번쯤 더 큰 기침을 할 테고 그러고 나면 정말로 봄이 올 것 같다. 늘 이맘때, 언제 왔는지 모르게 찾아온 봄을 만나면 가슴이 두근거린다. 한 살씩 먹을 때마다 뭔가 찡한 것도 있고.

봄은 다시 뭔가를 시작할 수 있다는 설렘과 잘할 수 있을까 하는 두려움이 섞이는 계절이다. 그리고 정말 이별해야 하는 것들을 놓아주어야 하는 때이기도 하다.

아직 완전한 봄은 아니니까, 고개를 돌려 살짝 봄을 맞는다. 조만간 새로운 두근거림으로 두려움을 구석으로 몰아낸 뒤 완전히 몸을 돌려 한껏 봄을 맞을 생각이다.

가장 힘들던 그 겨울의 한복판에서 늘 하나만 기억하면 버틸 수 있었다.

끝나지 않은 겨울은 없었고 겨울 뒤엔 늘 봄이었음을.

이제 곧, 봄이다.

다시, 봄

그러니까
다시 봄이 온다.
조용히 기다리면 다시 봄이 온다.

시끄럽고 요란하게,
내 안에서 소란을 피우던 것들이
잠잠해지면
다시 봄이고 초록이다.

내가 봄을 향해 걸어간 것인지
봄이 나에게 걸어온 것인지는
그리 중요하지 않다.

그저 봄을 그렸고
그 봄이 와서
내 안이 조용해졌다는 것.
그 안이 뭉클해졌고
나는 다시 살아갈 힘이 생겼다는 것.

다시,
봄이다.

PEACE

오라, 봄

당신이
잊지 않고
내게 건네줬던
모든 봄.

하늘의 볼이
발그레해지도록
나의 볼이
발그레해지도록

오라,
봄.

당신과 나의 모든 봄.

"봄

당신의 봄날은 봄날

옆에 와주라

어느 순간에 어떻게 무엇으로 올지
나는 모른다.

그저 같이 보고 싶다.

세상을.
저 풍경을.

그러니
옆에 와주라.

#17

그때 당신이

그때 당신이 나의 서랍에
봄을 넣어두었네.

어떤 서랍에는 꽃을 넣어두었고
어떤 서랍에는 바람을 넣어놓았고
어떤 서랍에는 마음을 넣어두었네.
언제든 꺼내보면 다시 봄으로 갈 수 있도록
그렇게 당신이 넣어두었네.

□□
번째 봄

18

몇 번째
봄이었을까

몇 번째 봄이었을까?

가슴을 톡톡 건드리는 봄이,
밤하늘 전체가 검게 보이지 않고 파랗게 빛나던 봄이,
나의 모든 걸음에서 한 움큼 무게를 덜어낸 봄이,
그래서 아무것도 안 하고 걷기만 해도 좋은 봄이,
몇 번째였을까?

일단 쓰기 시작하면
끝없이 써 내려갈 수 있을 만큼
소중했던 봄이
몇 번째였을까?

당신과 함께했던
그 수만큼의 봄에

.

.

.

한 번을 더한 봄이 끝나간다.
올봄도 같이 해줘서 고마웠다, 당신.

#19
잘한 것도 없는데
또, 봄을 받았다

봄이 비처럼 내린다 —
새로운 이야기가 내리고
새로운 사람들이 내린다 —
잘한 것도 없는데
나는
또, 봄을 받았다 —

봄은 그냥 계절이 아니라
그동안 제가 받은 모든 것이었습니다.
나는 당신으로부터,
시간으로부터,
풍경으로부터,
슬픔으로부터,
거의 모든 것으로부터 받고 또 받았습니다.
고마워요.
고맙습니다.

"Thanks"

2002년부터 지금까지 함께 해준 당신들, 웹툰 만화가 형님, 친구, 동생들, 수많은 작가님들
청하출판사, 바다출판사, 넥서스출판사, 위즈덤하우스, 11번째 책 잘 만들어준 지은씨
학재형, 종완, 보용, 진호형님, 태식형님, ZERO감독(일리), 대현♥성원님
월감♥수빈씨, 케이제이♥은애씨♥나원, 온스퍼 창현씨, 11번가 성훈형님
미노형님, 매드님, 폼텍웍스홀, 에반스라운지, 바닐라클라우드(성윤♥예나씨)
엄소연니 상호, 혜진씨, ill star 성혜씨, 아이코닉 친구들, 도이치모터스 용일씨

제주의 사람들, 그해제주 재선형님, 카페 그곳, 풀림다방
13일상잡화점, 슬로우트립, 스테이오조, 한카피님, 시나님, 슈팅점장님
카페공작소, 요요무문, 제주 앤트러사이트, 카페 그러므로, 제주의 풍경, 바다, 숲, 모든 길
가로수길 미노스커피컬트, 연희동, 연남동, 망원동 골목구석구석, 연남테일러커피
부부카페, 카페 풍경, 카페 tone, 상수 커먼커피, 에스프레소 부띠끄
삼청동 커피방앗간, 시간이 멈춘 골목, 달씨마켓, 모란나-비
어도비, 멜로우스튜디오, 카카오브런치, 트리즈컴퍼니, 다날, 케이코믹스
A7R2, Rx100MK2, 짜이스 55mm 1.8 바티스 85mm 1.8, 신티크 컴패니언
아이패드 프로, 애플펜슬, 신티크 24HD, SHURE MOTIV MV88, 아이폰6
BAND 블루스네이크 (쌤, 주안형, 학현, 기영, 기연) 세현씨, 지원씨

일년동안 내게 봄을 주었던 그 모든 사랑들, 노래들, 이야기들
그리고 June
열한번째 책을 끝내며 ☺ 페리테일

"이렇게라도 당신과 커피한잔"

잘한 것도 없는데
또, 봄을 받았다

초판 1쇄 발행 2017년 6월 20일 **초판 2쇄 발행** 2022년 5월 5일

지은이 페리테일(정헌재)
펴낸이 이승현

편집1 본부장 한수미
에세이1 팀장 최유연
디자인 조은덕

펴낸곳 ㈜위즈덤하우스 **출판등록** 2000년 5월 23일 제13-1071호
주소 서울특별시 마포구 양화로 19 합정오피스빌딩 17층
전화 02) 2179-5600 **홈페이지** www.wisdomhouse.co.kr

ⓒ 페리테일(정헌재), 2017

ISBN 978-89-5913-522-6 03810

* 이 책의 전부 또는 일부 내용을 재사용하려면 반드시 사전에 저작권자와
  ㈜위즈덤하우스의 동의를 받아야 합니다.
* 인쇄·제작 및 유통상의 파본 도서는 구입하신 서점에서 바꿔드립니다.
* 책값은 뒤표지에 있습니다.